L'évadé de la chambre 9

23, rue de la Juiverie - 91150 Étampes
Site : www.lirecestpartir.fr
ISBN 2-35024-137-8

Pascal Garnier

L'évadé de la chambre 9

Couverture illustrée
par Faujour

Lire c'est partir

1.

Le bulletin

— Aujourd'hui nous allons interroger... par exemple...

Le stylo de M. Loignon parcourt avec une lenteur exaspérante la liste des élèves. À part le tic-tac sinistre de la pendule, on n'entend pas voler une mouche. On dirait que le monde entier s'est arrêté de respirer. Lucas mord son crayon de toutes ses forces en répétant avec ferveur : « Pas moi !... Pas moi !... »

— ... Ledru !

Ouf ! Ça n'est pas tombé loin, Ledru est juste devant Lucas dans l'ordre alphabétique. Mais hélas...

— Ledru est absent, m'sieur !

— Ah... eh bien, dans ce cas...

C'est ainsi que Lucas se retrouve debout devant le tableau noir, aussi misérable qu'un condamné à mort. À mesure que M. Loignon le bombarde de questions idiotes : « Combien de temps la baignoire mettra-t-elle à se vider ? À quelle heure le train B croisera-t-il le train C ? », Lucas se sent partir comme un ballon dont on a lâché la ficelle. La voix acide de M. Loignon mêlée aux rires moqueurs de ses camarades ne lui parviennent qu'en un écho de plus en plus lointain. Il attend que ça se passe en regardant par la fenêtre les oiseaux tracer des grands « V » dans le ciel.

— Bref, vous ne savez rien ?... Eh bien, voilà un zéro qui va s'ajouter à votre collection. Vos parents seront certainement très fiers de vous en recevant votre bulletin. Allez vous asseoir.

Lucas aimerait bien aimer le collège, ça serait tellement plus facile pour tout le monde, ses profs, ses parents et surtout pour lui-même, seulement, malgré tous ses efforts, il n'y arrive pas. Lucas est un cancre de naissance, comme on naît aveugle, sourd ou muet. Rien n'y fait, ni les punitions, ni les promesses de récompenses. Les études ne sont pas plus faites pour lui que le désert pour un scaphandrier. Dans quelques jours, le bulletin cruellement évoqué par M. Loignon va tomber, déchaînant comme à chaque fin de trimestre une tempête de cris, de menaces et de larmes au-dessus de sa tête. Même s'il en a toujours été ainsi, Lucas n'arrive pas à s'y habituer. Cette fois-ci, il ne se sent plus la force d'affronter cette épreuve. Peut-être parce que ses parents se sont montrés particulièrement généreux pour son anniversaire (il a eu douze ans la semaine dernière) et qu'il s'est un peu trop avancé dans ses promesses de réussite scolaire, ou bien tout simplement parce qu'il en a assez de subir tous les trois mois cette corvée qu'il juge aussi intolérable et injuste qu'une rage de dents.

Et la journée se poursuit, monotone, égrenant de classe en classe son interminable chapelet de zéros, même en gym, pourtant l'unique discipline où il se défend à peu près. C'est qu'il est trop occupé à trouver une solution à son douloureux problème. Il y a bien le suicide, c'est un remède radical mais un peu trop définitif à son goût. Ce serait dommage de se priver de toutes les bonnes choses de la vie à cause d'une poignée de vieux croûtons de professeurs. Partir ?... D'accord mais où ?... Et puis il aime ses parents, sa maison, ses copains, son quartier... Qu'est-ce qu'il deviendrait perdu dans le vaste monde ?... Si encore on était en été, c'est qu'il fait frais pour coucher à la belle étoile !... D'ailleurs si on était en été, ce serait les vacances et il se ficherait pas mal des M. Loignon, des baignoires qui se vident et des trains qui se courent après.

Tout cela est bien triste, même la sonnerie de quatre heures qui habituellement le fait renaître à la vraie vie n'arrive pas aujourd'hui à le tirer de cette toile d'araignée qui s'étend de plus en plus dans sa tête.

Rien d'autre à faire en rentrant chez lui que de balancer son cartable le plus loin possible et de se planter devant la télé. C'est en regardant d'un œil morne une vague série policière que lui vient l'illumination. L'histoire du film tourne autour d'un enlèvement d'enfant. La fin est magnifique. Il faut voir les parents, les larmes aux yeux, récupérer leur enfant chéri. On le couvre de baisers, de cadeaux, de gâteaux, un vrai conte de fées ! En de telles circonstances, l'arrivée d'un bulletin scolaire aussi mauvais soit-il passerait complètement inaperçu.

Lucas la tient, son idée de génie. Il va s'enlever, il sera son propre ravisseur. Il suffira de laisser une demande de rançon dans sa boîte aux lettres, de disparaître deux ou trois jours et de refaire surface en héros au sein de sa famille. Bien évidemment, plus tard il rendra l'argent à ses parents. Il ne sait pas encore trop comment mais quand on a des idées aussi géniales, on ne s'arrête pas à ce genre de détails. Quant à la cachette, elle est toute trouvée : une maison abandonnée, connue de lui seul, qu'il a découverte tout récemment. Les portes et les fenêtres sont murées mais un soupirail au ras du sol dans une petite rue derrière permet d'y entrer. C'est même à cet endroit précis qu'il demandera dans sa lettre anonyme de déposer l'argent de la rançon. La rue est déserte la nuit et très sombre. Voilà, c'est aussi simple que cela. Il ne lui reste plus qu'à prévoir des provisions pour quelques jours et des vêtements chauds. Mais avant tout il lui faut rédiger sa lettre de rançon sans faire trop de fautes d'orthographe, si possible : il faut que ça fasse vrai.

Il y passe une bonne partie de la nuit : chaque lettre est découpée dans un vieux journal pour qu'on ne puisse pas reconnaître son écriture. Un travail de longue haleine mais qui en vaut la peine : « Nous tenon votre fisse Lucas. Si vou voulé le retrouvé vivan, déposé 4 500 euros – c'est exactement la somme que son père a gagnée au tiercé le dimanche précédent – se souar a minui au n° 3 de la ru du petit pont. Pas un mo a la polisse sinon, COUIC ! »

Épuisé par un tel labeur, Lucas plonge dans des rêves bizarres : M. Loignon le poursuit, armé d'un crayon aussi grand et pointu qu'une lance, il se noie dans des baignoires sans fond, ligoté sur des rails, il voit foncer sur lui les trains B et C, une pluie de bulletins épais comme des dictionnaires s'abat sur sa tête. Bref, une nuit comme on n'en souhaiterait pas à son pire ennemi.

Au matin, le petit déjeuner de Lucas a du mal à passer. Ses parents sont adorables.

— Dimanche, on pourrait aller au cinéma, ou à la campagne s'il fait beau. Qu'est-ce que tu en penses, Lucas ?... Encore un peu de confiture ?...

— Non, merci, je... Je n'ai pas bien faim.

Devant tout ce bonheur tranquille qu'il va briser dans quelques heures, Lucas ne se sent pas très fier de lui. Jusqu'ici, trop excité par son projet, il n'avait pas pensé à la peine qu'il allait causer à ses parents. Au lieu de toute cette gentillesse, il aurait préféré qu'ils soient de mauvaise humeur, qu'ils le disputent, ç'aurait été tellement plus facile...

Le cœur aussi gros que son cartable bourré de chocolat, boîtes de conserves, biscuits, etc., il leur dit au revoir, les larmes au bord des yeux.

— Ça ne va pas, mon chéri ? Tu es tout pâle...

— Si, si. J'ai pas très bien dormi, c'est tout. Au revoir, papa, au revoir, maman.

Puis il va se cacher un peu plus loin pour

guetter leur départ au travail. Dès que la voiture de son père a tourné le coin de la rue, il retourne déposer la lettre. Devant la boîte, il hésite un instant, pris de vertige comme devant un gouffre. Mais, se souvenant des désagréments causés par son dernier bulletin, il glisse l'enveloppe dans la fente. À présent il ne peut plus reculer.

2.

L'hôtel de *La Bonne Fortune*

La maison abandonnée est un ancien hôtel. Il y a encore des numéros sur les portes des chambres. Lucas a choisi le « 9 » parce qu'il est né un « 9 » mars et que ce chiffre lui a toujours porté bonheur. Mais en fait il s'aperçoit qu'il s'agit du « 6 », un clou manquant en haut l'a fait basculer, le transformant en « 9 ». Mais peu importe, pour lui c'est un « 9 » et voilà tout. Il s'installe de son mieux, dénichant une caisse qui lui servira de table, deux ou trois cageots en guise d'étagères et un vieux matelas éventré pour s'allonger. Ce n'est pas le grand luxe mais pour le peu de temps qu'il compte y passer, ce sera bien suffisant. D'ailleurs, une fois ses provisions et ses BD bien rangées sur les étagères, les bougies collées sur la caisse, tout cela a un petit air de chez soi bien sympathique, il ne manque plus qu'un bouquet de fleurs dans un vase et des rideaux aux fenêtres. À propos, ce n'est pas bien gai cette fenêtre murée, on dirait que la chambre est aveugle. Mais c'est plus sûr, on ne risque pas de le voir du dehors. Eh bien voilà, tout est en ordre, il ne reste plus qu'à attendre. La grosse boule qui lui restait coincée dans la gorge depuis ce matin a enfin disparu. Il se sent fort à présent et c'est d'un cœur léger qu'il entreprend de faire le tour du propriétaire.

Toutes les chambres se ressemblent, même papier à fleurs cloqué d'humidité, même plancher vermoulu, mêmes toiles d'araignées dans les coins. Un escalier en colimaçon conduit au rez-de-chaussée où trône encore un comptoir surmonté de casiers numérotés de 1 à 10 avec écrit au-dessus en lettres rouges : « Hôtel de *La Bonne Fortune* ». C'est plus qu'il n'en faut pour se donner du courage. Derrière le comptoir, une volée de marches mène au sous-sol où se trouve le soupirail par lequel il est entré. Partout, la même odeur de champignon et de poussière et sur le sol, des bouteilles vides et des vieux chiffons. Tel est le décor dans lequel il va vivre pendant deux jours.

En remontant dans sa chambre pour grignoter un petit quelque chose, il remarque qu'une des briques qui obstruent la fenêtre bouge comme une dent gâtée. À l'aide de son canif, il la dégage facilement. Cette minuscule ouverture sur le monde lui fait autant plaisir que si on lui avait installé la télévision. De là, il peut voir un morceau de l'avenue du Général-Leclerc, la cime des arbres du square et même une partie du toit de sa propre maison. Ça lui fait tout drôle, c'est pareil et pas pareil à la fois, comme s'il revenait d'un long voyage et qu'il se souvenait. Pourtant, ça ne fait pas deux heures qu'il est parti de chez lui. C'est ça, la magie de l'aventure. Voir sans être vu, c'est presque comme si on était l'homme invisible. Lucas replace la brique et s'ouvre une boîte de cassoulet qu'il dévore à même la boîte. Ça a beau être froid, c'est délicieux.

Il passe le reste de la journée à lire des BD en picorant du chocolat et des gâteaux secs. Tout cela a un petit air de vacances, d'instant volé pas désagréable du tout. À cette heure-ci, les autres sont en train de tirer la langue sur un contrôle de géographie en digérant difficilement l'horrible poisson tiède de la cantine du vendredi.

— Allez-y, les gars ! Tirez la langue ! Rongez-vous les ongles ! Moi, je vais me faire une petite sieste.

Lucas s'étire, les doigts de pieds en éventail.

Comme il lui paraît loin, ce petit monde qui sent la craie et l'encre sèche, la sueur de l'angoisse des mauvaises notes. Les rêves de cette sieste-là balayent d'un coup ceux de la nuit dernière. Super-Lucas terrasse tous les M. Loignon du monde, jongle avec les baignoires et les trains A et B, le monde n'est pas plus gros qu'une balle de ping-pong dans le creux de sa main.

Mais vers sept heures, en se réveillant dans l'obscurité complète, Lucas se sent alors plutôt mal dans sa peau. Ses parents doivent être rentrés. Ils ont dû trouver la demande de rançon. Il imagine son père, blême, les lèvres serrées, tournant et retournant la lettre dans ses mains tremblantes et sa mère pleurant sur son épaule toutes les larmes de son corps. Il a beau essayer de chasser cette image en allumant toutes les bougies qu'il possède, en se gavant de bonbons et de biscuits, toujours, le visage de sa mère inondé de larmes revient tourner autour de lui comme une mouche têtue au-dessus d'une tartine de miel. Alors, Super-Lucas retrouve sa taille réelle et se recroqueville sur le vieux matelas, la tête dans les genoux, et laisse déferler en lui une grosse vague de sanglots jusqu'à ce que le sommeil, une éternité plus tard, le roule dans sa farine noire.

Il doit être onze heures quand des bruits dans la rue le réveillent en sursaut. Lucas souffle sur les bougies, se précipite à la fenêtre et dégage la brique. La rue grouille de policiers, en tenue ou en civil, l'arme au poing. Ils vont et viennent en tous sens, s'interpellant les uns les autres.

– Tu l'as vu ?...

— Non, je n'y comprends rien !...

— Mais enfin, ce n'est pas possible !... Continuez à chercher, vous par là, les autres de ce côté.

Tremblant des pieds à la tête, Lucas replace la brique. Qu'est-ce que c'est que ce cirque ?... Est-ce que c'est lui qu'on cherche ?... Son père, malgré la lettre, a-t-il prévenu la police ?... Si jamais on le découvre ici, tout son plan s'écroule. Ce n'est plus en héros qu'il va rentrer chez lui mais comme le dernier des escrocs !... Et alors là, ce sera autrement plus grave qu'une histoire de bulletin !... Lucas n'ose même pas imaginer les conséquences. Ça ressemble un peu à la fin du monde, mais en pire. C'est alors qu'un bruit de bouteille renversée lui glace le sang dans les veines.

— Saloperie de bouteille !...

Une à une, les marches de l'escalier se mettent à grincer. Dans le noir absolu, Lucas, paralysé de terreur, a l'impression de se noyer dans un encrier sans fond. Le bruit des pas qui se rapprochent, mêlé aux battements précipités de son cœur, résonnent dans sa tête comme le gros bourdon de

Notre-Dame. C'est pire qu'un cauchemar, c'est la réalité. Ce pas lourd qui arrive à l'étage, les portes des chambres ouvertes une à une et surtout ce souffle haletant, comme celui de quelqu'un qui a beaucoup couru... La porte de la chambre contiguë claque comme un coup de feu. Lucas est pétrifié.

— Bon Dieu d'bon D...

L'homme qui vient d'ouvrir la porte à toute volée a le visage fermé comme un poing. La flamme du briquet qu'il tient à la main projette derrière lui une ombre gigantesque. Lucas ouvre la bouche. D'un bond, l'homme est sur lui. Et puis... Plus rien qu'un grand trou noir avec du vide dedans.

3.

Roger la Poigne

En se réveillant, Lucas aurait aimé sentir sur son front la main fraîche de sa mère et l'entendre dire :

— Calme-toi, mon chéri, tu as fait un mauvais rêve, maman est là.

Mais au lieu de cela, il découvre la carrure d'armoire à glace de son agresseur éclairée par la lueur vacillante d'une bougie, en train d'engloutir une à une toutes ses provisions. À part remuer les doigts de pieds, Lucas est incapable de faire le moindre geste. Il est ligoté des pieds à la tête et sa bouche bâillonnée par un mouchoir douteux. Une bosse grosse comme un œuf de pigeon pousse sur le sommet de sa tête. L'homme se retourne, la joue gonflée d'un gros morceau de saucisson.

– Tiens, te v'là réveillé, toi ?

Un rot sonore suivi du claquement sec de son couteau ponctue cette brève entrée en matière. Les coudes sur les genoux, il fixe Lucas en frottant son menton en galoche recouvert d'une sorte de paille de fer. Il a une grosse tête toute plate qui fait penser à une pelle vue de face, avec deux petits yeux rapprochés de chaque côté d'un nez cabossé. Du revers de la main, il s'essuie la bouche en hochant la tête.

– C'est pas notre jour, à tous les deux. Pas vrai, mon gars ?

Lucas ne sait plus quel jour on est mais le type a certainement raison. Le voilà qui se redresse et s'étire en bâillant. Il a des bras immenses avec, au bout, des poings comme des marteaux.

– T'as mal au crâne ?... J'ai pas l'habitude de cogner sur les enfants mais tout à l'heure, dans le noir, j'ai pas pu voir. Quand on a tous les flics de la ville aux fesses, faut comprendre. Bon, trêve de politesse, où qu'il est, le magot ?

Lucas écarquille les yeux, les sourcils

remontés jusqu'à la racine des cheveux. Quel magot ? Qu'est-ce que Lucas a à voir là-dedans ? La douleur irradiant de sa bosse rend ses idées encore plus confuses. À travers son bâillon il répond :

– MMMMMM...

– C'est vrai. Je t'enlève le mouchoir mais si tu hurles, je t'endors pour de bon !... Voilà. Alors, le magot, les quatre mille cinq cents euros qui étaient sous le plancher, là bas ?...

Lucas suit des yeux la direction que lui indique le bonhomme. Dans un coin près de la fenêtre, des lattes de parquet arrachées forment une sorte de mikado géant.

– Je ... je sais pas, m'sieur. Je comprends rien à ce que vous me racontez.

– Attention, môme, fais pas le malin ! Y a six ans, juste avant de me faire coffrer, j'habitais dans cet hôtel, dans cette chambre et c'est là, dans ce coin, que j'ai planqué mon pognon.

– J'vous jure, m'sieur!... Je...

Mais à ce moment-là, on entend une voiture s'arrêter en bas dans la rue et une porte claquer. Le gangster plaque sa grosse patte sur la bouche de Lucas.

— Pas un mot !

Quelqu'un traverse la rue, dans un sens puis dans l'autre. À nouveau, la porte claque, et la voiture redémarre. Il doit être minuit. Ça ne peut être que le père de Lucas venant déposer la rançon. Les yeux de Lucas se brouillent de larmes en pensant à son papa si proche et si loin à la fois. Son cœur se débat dans sa poitrine comme un animal pris au piège. L'homme se détend, hausse les épaules. Il plisse le front. On sent que sa cervelle fonctionne en heures supplémentaires.

— C'est vrai que le plancher était intact... Mais alors, si c'est pas toi, qui c'est ?... J'étais le seul à connaître cette planque !... Il a pas pu s'envoler tout seul, ce fric ?... Et puis d'abord, qu'est-ce qu'un gamin comme toi fiche ici à une heure pareille ?

— Je... Je vais tout vous dire, m'sieur. Vous verrez bien que j'y suis pour rien.

Tout en reniflant à petits coups, les épaules secouées de sanglots, Lucas raconte de bout en bout ce qui l'a amené à se cacher ici.

— Voilà, j'vous jure que c'est la vérité

vraie, m'sieur.

L'homme à la tête de pelle reste un moment sans réaction, les yeux dans le vague.

— Alors, la voiture qui s'est arrêtée tout à l'heure, c'était... Bouge pas de là. On va voir si tu m'as raconté des bobards.

D'un bond il se catapulte hors de la chambre.

Lucas ferme les yeux et pousse un long soupir, comme un ballon qui se dégonfle. Il donnerait tout pour être ailleurs qu'ici, même au cours de M. Loignon devant le tableau noir. Il se jure que s'il se sort de ce pétrin, il sera premier en tout... Enfin, peut être pas premier, mais deuxième ou troisième... Il en est là de ses bonnes résolutions quand le gorille réapparaît, un sac de sport au bout du bras.

— Ben dis donc, t'es un drôle de petit futé, toi ! En tout cas, si j'étais ton père, je te flanquerais une sacrée fessée ! Enfin, j'ai assez avec mes problèmes. Y a bien quatre mille cinq cents euros là-dedans, exactement ce que j'ai perdu. Y a quand même une justice, non ?

— Alors, vous allez me libérer ?

— Doucement, mon gars, doucement ! C'est qu'il y a un petit problème. Roger la Poigne, c'est moi, Roger la Poigne, il a jamais kidnappé d'enfant. Des banques, des bijouteries, tant qu'on veut, mais des rapts d'enfant, jamais ! Et qu'est-ce que tu vas faire, toi, dès que je vais te laisser te débiner ? Eh ben, tu vas donner mon signalement et ça, tu vois, il n'en est pas question ! C'est que j'ai une réputation, moi !

— J'vous jure, je dirai rien !

— Désolé, fiston, je peux pas prendre le risque. Et puis, t'es un peu mon porte-bonheur. Avec un gosse à mes côtés, j'aurai plus de chance de passer les barrages de police autour de la ville. Quand on les aura laissés loin derrière nous, je te laisserai filer. Parole d'homme ! Je te demande pas si t'es d'accord parce que t'as pas le choix. Comment tu t'appelles au fait ?

— Lucas.

Un frisson glacé le parcourt de bas en haut quand la lame du couteau s'avance vers lui. CLAC ! Les cordes tombent autour de lui. Lucas se frotte les chevilles et les poignets. Roger cligne de l'œil en le remettant sur ses pieds d'une seule main.

– Au fond, je te soulage d'un gros vilain mensonge. Tu devrais me remercier.

Lucas le trouve encore plus affreux quand il sourit. Ses grosses dents carrées ressemblent à un clavier de piano massacré.

4.

Les yeux d'Annie

— Ça vaut rien, ces bagnoles-là. Même avec le siège poussé au maximum j'ai les genoux dans les yeux. Enfin, va falloir faire avec. C'est tout ce que j'ai trouvé en sautant le mur de la prison.

C'est vrai que ce n'est pas le véhicule idéal pour ce genre de gabarit. Roger occupe presque tout le volume. C'est un miracle qu'il ait pu y entrer. Dans les virages, la voiture penche de son côté au point que Lucas est obligé de s'accrocher à la poignée de la porte pour ne pas lui tomber dessus.

Dehors, il s'est mis à pleuvoir. Dans le faisceau des phares, la pluie crible la nuit de millions de petites fléchettes argentées. Roger conduit le nez sur le pare-brise, les yeux plissés, les lèvres serrées. Lucas lui jette des regards à la dérobée.

– J'ai une sale tête, hein ?

Lucas regarde droit devant lui. De chaque côté de la rue, les façades des immeubles défilent, lugubres.

– J'ai toujours eu une sale bobine, même quand j'avais ton âge. J'ai toujours fait peur à tout le monde. On s'y fait... mal, mais on s'y fait. Et pourtant, moi qui te cause, eh ben, j'ai la plus jolie petite fille du monde ! Annie, elle s'appelle. Tiens, elle doit avoir le même âge que toi. T'as quel âge ?

– Douze ans.

– Elle en a onze. Si tu savais comme elle est gentille... et intelligente aussi ! Pas comme moi, je suis aussi bête que moche. À l'école, j'étais plutôt du même genre que toi. Tu vois le résultat ! Ça devrait te faire réfléchir. Quand même, c'que t'as fait à tes parents, t'as pas honte ?

– Dites donc, c'est pas vous qui allez me faire la morale ! C'est vous le gangster, vous qui m'enlevez, vous qui avez pris l'argent !

– D'accord, d'accord !... Moi ce que j'en disais, c'est pour ton bien. D'abord je te kidnappe pas, je t'emprunte, nuance !

– Et les quatre mille cinq cents euros aussi, je suppose ?

– Ça ... Si on ne m'avait pas piqué mon magot, j'y aurais pas touché à ta rançon. C'est pas pour moi, tu sais. Il me serait pas tombé cet article sous les yeux, j'aurais même pas cherché à m'évader. Je vais te dire, la taule, pour moi, c'est mieux que dehors. Au milieu de tous ces affreux j'ai presque l'air normal. Y a pas de miroir, pas de vitrine pour voir mon reflet. Seulement, il y a eu cet article...

Roger allume une cigarette. À la lueur de la flamme, son visage a l'air moins dur, juste triste : il ressemble à... une espèce de gros chien perdu.

– C'est quoi, cette histoire d'article ?

– Un docteur, à côté de Nice, qu'a inventé un truc pour soigner les yeux.

– Vous avez mal aux yeux ?

– Pas moi, Annie, ma fille. Elle est... Nom de D... un barrage de police !

Au bout d'une avenue, derrière le fin grillage de pluie, des silhouettes floues s'agitent comme dans un vieux film de

Charlot. Le rayon d'une torche balaie la nuit dans le sens inverse des essuie-glaces. De grosses gouttes de sueur dégoulinent sur le front de Roger. Ses mains crispées sur le volant font saillir ses jointures toutes blanches. Impossible de foncer, surtout avec cette voiture. Des chicanes de chaque côté de la route interdisent toute accélération. Roger est obligé de ralentir. Le coup d'œil qu'il jette à Lucas n'a rien de menaçant. On dirait plutôt quelqu'un qui se noie. Un gendarme, le dos voûté, ruisselant de pluie, s'approche de la voiture et frappe au carreau. Roger avale une grande goulée d'air comme s'il s'apprêtait à battre un record de plongée en apnée. Lentement, il baisse la vitre.

— Police. Contrôle d'identité !

Lucas a juste le temps de se fourrer un gros chewing-gum dans la bouche et de poser en gémissant sa tête sur l'épaule de Roger.

— Vite, papa, vite, j'ai mal aux dents !

Le gendarme éclaire le visage de Lucas dont la joue droite gonflée par le chewing-gum imite à la perfection une violente rage de dents.

— Excusez-moi, m'sieur l'agent, mais je n'ai pas mes papiers. Le petit a une terrible rage de dents, on est partis comme ça chez le dentiste. Vous voyez comme il souffre...

Lucas gémit en se tordant de douleur, la tête entre les mains. Le policier hésite un instant puis :

— Bon, ça va, passez. Pauvre gosse, il a l'air mal en point...

— Merci, m'sieur l'agent, merci !

En démarrant, la voiture fait le même bruit qu'une fourchette raclant le fond d'une assiette. Roger pousse un soupir et s'essuie le front du revers de sa manche. Lucas mastique son chewing-gum et en fait une grosse bulle rose. Roger lui donne une grande claque dans le dos. La bulle éclate.

— Ben dis donc, tu devrais entrer à la Comédie-Française, toi ! Pour un peu, j'y aurais cru aussi, à ton mal de dents. Mais pourquoi que t'as fait ça ? J'étais à ta merci...

— Vous avez pas fini votre histoire de docteur qui soigne les yeux.

— Tout juste ! Mais maintenant, il faut me tutoyer. Serre-moi la main. Nous deux, c'est à la vie, à la mort !

Roger la Poigne porte bien son nom. Lucas compte ses doigts quand Roger lui rend enfin sa main.

— Bon, eh bien voilà. Annie est aveugle de naissance, une sale maladie dont sa mère est morte en mettant la petite au monde. Quand je me suis retrouvé tout seul avec le bébé, j'étais comme fou de douleur, j'en voulais au monde entier alors, j'ai fait des bêtises. Je voulais que ma petite Annie ait tout comme une reine. Ça a duré quelques années, le temps que je devienne l'ennemi public n°1 et que je me fasse prendre, comme de bien entendu. Heureusement, j'avais payé une pension de luxe à la petite jusqu'à sa majorité au cas où il m'arriverait un pépin. C'est là qu'elle est, près de Nice. On s'écrit régulièrement. Je lui dis que je travaille à l'autre bout du monde, que je fais des affaires, que j'irai la voir dès que je pourrai, que je l'aime de tout mon cœur...

Un gros sanglot interrompt le récit de Roger. C'est très émouvant de voir cette montagne de muscles renifler comme un petit enfant.

— Et puis voilà que l'autre jour, je tombe sur cet article dans le journal : un docteur, sur la Côte d'Azur, qui a réussi à redonner la vue à une enfant du même âge qu'Annie, atteinte de la même maladie. Tu parles si j'ai sauté au plafond ! Du coup, ni une ni deux, je repense au magot sous le plancher de l'hôtel et... Tu connais la suite. Voilà où je vais, chercher la petite et la faire soigner par ce docteur Machin-Chose. Et aucun flic au monde ne m'en empêchera, ça non !

Roger secoue sa grosse tête de pelle pour bien marquer sa détermination et puis tous deux se taisent tandis que la voiture avale les kilomètres. Peu à peu, les grands immeubles qui entourent la ville se transforment en maisons individuelles de plus en plus espacées les unes des autres et bientôt, des champs et des bouquets d'arbres annoncent la campagne. Roger se racle la gorge.

— Bon, je crois que maintenant, on n'a plus trop à craindre les barrages. Je vais te déposer à la prochaine gare, tu pourras rentrer chez toi. Pour l'argent... Je rembourserai tes parents mais plus tard... Tu comprends ?

Ses yeux de gros chien se posent sur Lucas. Non seulement il ne fait plus peur mais on aurait même envie de le protéger.

– Tu sais Roger, je crois que t'auras plus de chance avec moi. Et puis un voyage comme ça, ça vaut des dizaines de leçons de géographie !

– Et tes parents ?...

– T'en fais pas, je crois que j'ai une idée. Vas-y, roule !

.5.

La PPO

L'idée de Lucas, c'est de téléphoner à son copain Fred, un petit gros à lunettes toujours plongé dans les bouquins et qu'on surnomme : « Têtard à hublots ». Depuis trois mois, il pousse Lucas à adhérer à la PPO (Pas de Panique Organisation, une sorte de société plus ou moins secrète et multinationale destinée à lutter contre le mal sous toutes ses formes). Fred est un bon copain mais connaissant son goût délirant pour les histoires à dormir debout, Lucas ne lui a prêté qu'une oreille distraite. La PPO étant incapable de transformer les zéros en 20, jusqu'à présent, elle ne présentait aucun intérêt. Seulement, vu les circonstances, aucune possibilité d'aide n'est à négliger. Le cas de Roger et de sa petite fille ressemble tout à fait aux exemples d'affaires délicates dont l'organisation s'occupe. En deux mots, il en parle à Roger qui hoche la tête d'un air sceptique.

— C'est des trucs de mômes, tout ça. Mais si ça peut au moins rassurer tes parents...

C'est sur ce maigre espoir que Lucas s'endort, le menton sur la poitrine, ballotté par les chaos de la route. À l'horizon, une pâle lueur rose teinte les collines en mauve.

— Alors mon gars, bien dormi ?

Lucas se frotte les yeux. Un projet de soleil prend forme entre les nuages. La route a un petit air de vacances.

— Où on est ?

— On arrive bientôt à Lyon. Ça te dirait, un bon petit déj' ?

Les grenouilles dans l'estomac de Lucas répondent à sa place. Roger éclate de rire en se tapant sur les cuisses. Malgré son sourire, sa barbe hirsute en poils de brosse en chiendent et ses poches de fatigue sous les yeux le rendent encore plus patibulaire que la veille.

— Tu sais, Roger, je crois qu'il faudrait

aussi faire un brin de toilette si tu veux passer à peu près inaperçu.

— T'as raison, petit. Mais d'abord, on va s'arrêter dans ce bistrot. Bon sang, je pourrais manger un bœuf !

Au café, tandis que Roger commande à déjeuner au patron qui les regarde d'un sale œil, Lucas se précipite au téléphone.

— Fred !... C'est Lucas.

— Lucas ! Où tu es ? Tes parents ont téléphoné, ils sont morts d'inquiétude !

— Attends, je vais te raconter. T'es toujours en contact avec la PPO ?

— Bien sûr !

— Alors écoute...

Tant bien que mal, Lucas résume à Fred ses aventures.

— Voilà, tu crois que tu peux faire quelque chose ?

— Eh ben dis donc !... Tu parles d'une histoire ! Je vais voir ce qu'on peut faire. D'abord s'occuper de tes parents et ensuite... Rappelle-moi un peu plus tard, O.K. ?

— O.K. Fred, merci !

En guise de petit déjeuner, Roger s'est fait servir un double steak frites qu'il dévore sous l'œil effaré des autres consommateurs. La bouche pleine, il fait signe à Lucas de s'asseoir.

— Je t'ai pris du chocolat et des tartines. Moi, ça me tient pas au corps, il me faut du costaud. Patron ! Le plateau de fromages et un autre pichet de rouge !

La voix tonitruante de Roger rebondit comme un ballon de foot entre les murs du café. Lucas rentre sa tête dans ses épaules. S'ils veulent passer inaperçus, c'est raté.

— Sois plus discret, Roger, on nous regarde comme si on était peints en rouge.

— Tu crois ?... Quand j'ai faim, je me rends pas compte. Alors patron, il vient ce calendos ?

— Une seconde, monsieur, une seconde !

Lucas ne lui trouve pas une tête bien franche, à ce patron. Ça ne lui dit rien qui vaille de le voir chuchoter au téléphone en jetant des regards à ne pas ramasser dans leur direction.

— Roger, je crois qu'il vaut mieux pas s'éterniser ici.

— D'accord, Lucas, d'accord. Après le fromage, on s'en va. Ah ! Quand même !

Du bout des doigts, le patron à tête de fouine dépose le plateau et va se réfugier derrière son comptoir. Roger n'a pas avalé sa première bouchée de camembert qu'une camionnette de gendarmerie vient se garer sur le parking du restaurant.

– Roger, regarde !

Deux gendarmes descendent de la camionnette et s'avancent vers le café. Roger se retourne vers le patron qui devient aussitôt plus blanc que son tablier. Tout va alors très vite, comme dans un film en accéléré. Roger bondit de sa chaise, empoigne le patron par le col et l'éjecte de derrière son comptoir au moment où les deux gendarmes poussent la porte du café.

– Lucas ! File à la voiture !

Lucas ne se le fait pas dire deux fois. Il court droit devant lui, se faufile entre les gendarmes qui se précipitent sur Roger. Son prof de gym serait fier de lui, en quelques secondes, il atteint la voiture. Dans son dos c'est l'apocalypse, des cris, des bruits de verre brisé, CRAC ! BING ! BANG! À lui tout seul, Roger la Poigne transforme le café en un tas d'allumettes.

Hors d'haleine, il rejoint Lucas et démarre en trombe laissant sur le goudron du parking des traces de pneus fumantes.

– Ça va, Lucas ?

– Bravo, la discrétion !

– T'as raison, je suis qu'un gros lourdaud. Je m'en veux, tu sais.

– Bon, c'est fait, c'est fait. Mais il faut que je téléphone, c'est important.

– D'accord, fiston. On va prendre les petites routes. Dès qu'on trouve une cabine ou une poste, je m'arrête.

Une heure plus tard, dans un petit hameau perdu entre deux collines, Lucas rappelle son copain Fred d'une cabine. Cette fois, Roger l'attend sagement dans la voiture cachée derrière un rideau d'arbres.

– Lucas ! Ben, vous en avez fait de belles, toi et ton copain, deux gendarmes étalés et un café dévasté, bravo !

– Comment ! T'es déjà au courant ?

– Je t'ai dit, la PPO, c'est très efficace. Bon alors voilà : on s'est chargés de tes parents. La PPO a un service spécial « parents en difficulté ». Ils sont rassurés, enfin, presque. Ils ne préviendront pas la police mais vous l'avez déjà aux fesses avec vos bêtises. Où êtes-vous maintenant ?

— Euh... Attends, je lis la pancarte... Brissy, c'est un tout petit bled.

— D'accord, je vois, j'ai la carte sous les yeux. Bon, de là, vous allez à Laignes, c'est à une cinquantaine de kilomètres d'où vous êtes. Vous trouverez une fontaine sur la place. Attendez là, quelqu'un vous contactera.

— Qui ? Comment on le reconnaîtra ?

— Je ne sais pas. Mais il faut y être avant quatre heures, c'est tout ce que je sais. Bonne chance !

— Merci, Fred, à bientôt.

En rejoignant la voiture, Lucas trouve Roger le nez dans le moteur.

— Quelque chose qui cloche ?

— Sais pas. Une drôle d'odeur... Alors ton coup de fil, qu'est-ce qu'il dit ?

— On a rendez-vous à cinquante ki-lomètres d'ici. Faut y être avant quatre heures.

Roger hausse les épaules et met le moteur en route.

6.

Victorine et Isidore

Ça monte et ça descend, on se croirait sur les montagnes russes. À mesure qu'ils progressent, les routes deviennent de plus en plus étroites, presque des chemins avec de l'herbe drue poussant au milieu. Le soleil coule sur la cime des arbres pareil à du jaune d'œuf. Il fait presque chaud et il flotte dans l'air pur comme des chansons. Les villages qu'il traversent ressemblent à des jouets, des décors pour trains électriques, maisons proprettes, prés vert billard où se prélassent des troupeaux de magnifiques bœufs blancs. Vue de cette façon, la géographie est plutôt séduisante.

Lucas et Roger en oublieraient presque leurs ennuis. Mais leurs ennuis, eux, ne les oublient pas et se manifestent sous la forme inquiétante d'un puissant jet de vapeur jaillissant du moteur en plein milieu d'une côte. Un bruit infernal fait vibrer la voiture. On dirait qu'un taureau furieux se débat sous le capot. L'auto prise de violents hoquets n'avance plus que par bonds incohérents qui projettent ses occupants contre le pare-brise. Après un ultime effort qui les mène au sommet de la colline, le véhicule rend un dernier soupir et refuse catégoriquement de faire un mètre de plus.

– Manquait plus que ça !

Roger s'extirpe de son siège et disparaît aussitôt dans un épais nuage de fumée blanche. Une succession de jurons plus gros les uns que les autres fait s'envoler au loin une escadrille de corbeaux puis c'est le silence. Lucas sort à son tour.

– C'est grave ?

– Tu parles ! On a sûrement coulé une bielle. Je me disais bien qu'il y avait une drôle d'odeur et un drôle de bruit. J'espère que tu as de bonnes chaussures parce qu'il va falloir continuer à pied. La dernière fois qu'on a demandé notre chemin, on était à une vingtaine de kilomètres. Il est trois heures. On n'y sera jamais à quatre heures dans ton bled.

— Peut-être qu'en coupant à travers champs ?... Écoute !... Une voiture !

En effet, le vrombissement lointain d'un moteur leur parvient aux oreilles et un petit point noir pas plus gros qu'une fourmi apparaît sur le ruban gris de la route. Une éternité de minutes plus tard, un tacot poussiéreux stoppe devant eux dans un bruit de poubelle renversée. La tête d'un vieillard aussi ridée que celle d'une tortue trois fois centenaire s'étire à la portière, auréolée d'un tourbillon de duvets blancs. Lucas se précipite.

— Bonjour, monsieur, nous sommes tombés en...

— Je sais, je sais, quatre heures à la fontaine. Grimpez à l'arrière.

Éberlués, Lucas et Roger se regardent, des points d'interrogation plein les yeux.

— Ben alors, vous attendez le dégel ? C'est que j'ai pas une Ferrari, moi !

Sans chercher à comprendre, Lucas et Roger sautent à l'arrière de l'antique camionnette encombrée d'une pyramide de cages remplies de dizaines de poulets hystériques.

Une demi-heure plus tard, abrutis par le caquètement ininterrompu des volailles, des plumes plein le nez et les oreilles, Roger et Lucas se font déposer sur la place déserte d'un village au centre de laquelle coule une fontaine. Le vieux pointe son doigt crochu dessus.

– La PPO.

Et sans plus d'explications, il disparaît dans une ruelle ne laissant derrière lui que l'écho de ses volatiles. Roger n'en revient pas.

– Ben ça alors !...

– Tu vois que ça existe, la PPO ! Quelle heure il est ?

– Quatre heures moins cinq.

Une petite voix derrière eux précise :

– Finq minutes de pluf et f'était raté. Mon quatre heures, f'est facré, v'en ai vamais loupé un depuis que ve fuis né.

C'est un petit garçon de quatre ou cinq

ans qui s'adresse à eux en zozotant. Lucas se penche vers lui.

– C'est toi, le contact ? Tu fais partie de la PPO, toi aussi ?

– Bien fûr. Fez moi, tout le monde est PPO depuis des vénérafions. Allez, perdons pas de temps, v'ai faim !

En trottinant, le petit garçon les guide jusqu'à une ferme un peu à l'extérieur du village. Sur le pas de la porte, une vénérable grand-mère les attend assise dans un fauteuil roulant.

– Ah vous voilà, tous les deux ! Vous en avez fait de belles en quarante-huit heures. Celui-là qui ne se contente pas d'être un cancre mais qui ment à ses parents en les plongeant dans la plus profonde angoisse. Et l'autre gros balourd qui s'évade, vole une voiture, dévaste un restaurant, envoie deux gendarmes à l'hôpital ! S'il n'y avait pas la petite Annie, je peux vous assurer que la PPO n'aurait pas levé le petit doigt pour vous !

Penauds, Lucas et Roger laissent passer l'orage en fixant le bout de leurs chaussures.

– À partir de maintenant, vous avez intérêt à vous tenir à carreau. On va vous donner de quoi poursuivre votre voyage mais à la première incartade, il ne faudra plus compter sur nous, vous serez absolument seuls au monde. Compris ?

– Oui, m'dame !

C'est vrai qu'ils ne sont pas beaux à voir, deux épouvantails ambulants, même la rivière se trouble lorsqu'ils se penchent au-dessus d'elle. Mais à coups de brosse et de savon, ils finissent par retrouver un aspect à peu près humain. Isidore, le petit garçon qui n'a jamais raté un goûter de sa vie, leur apporte des vêtements propres. Pour Lucas, ça va, mais Roger, à cause de son physique hors du commun, se retrouve affublé d'un costume à rayures dont les manches de la veste n'arrivent pas à la moitié de ses avant-bras et le bas du pantalon à peine à mi-mollets. Lucas se tord de rire en le voyant tourner devant la glace comme un orang-outang déguisé en premier communiant.

– J'vois pas ce qu'il y a de drôle !

– Excuse-moi, Roger, c'est nerveux. En tout cas, c'est mieux que ton maillot de corps troué et ton vieux pantalon déchiré.

Victorine, la vieille dame à roulettes, vient les rejoindre et les inspecte l'un après l'autre de ses petits yeux bleus perçants.

— Bon, c'est pas le Pérou mais ça ira. Faudra bien que ça aille ! Venez, on va passer à table. Ensuite, vous vous reposerez et vous partirez demain matin.

Le feu dans la grande cheminée fait danser les ombres sur les murs de la pièce. On se croirait dans un aquarium ardent. Une immense omelette aux champignons, en train de cuire, fait loucher Roger. Lucas n'arrête pas de bâiller et de se frotter les yeux. À peine a-t-il fini son assiette que le sommeil lui tombe sur les épaules comme un grand manteau mouillé. Roger le porte dans la chambre voisine et le dépose sur un grand lit de plumes. Isidore, « lui auffi fe fent un peu fatigué », s'endort aussitôt auprès de Lucas. Roger rejoint la vieille Victorine devant le foyer. L'éclat des braises donne à son visage parcheminé l'apparence d'un masque de cuivre.

— Vous savez, madame Victorine, je sais pas comment vous remercier.

– En arrêtant de faire des bêtises et en allant jusqu'au bout de ton affaire.

– Je vous jure que dès que la petite sera guérie, je me rends à la police, parole d'homme !

– Parole d'homme ! T'as pas plus de cervelle que mon Isidore. Enfin, t'es un bon gars quand même. Peut-être bien qu'un jour tu me revaudras ça. On aurait bien besoin d'une paire de bras comme les tiens ici. Tu sais conduire une moto ?

– Bien sûr !

– Alors va te coucher. Vous partirez à l'aube.

– Bonsoir, madame Victorine et encore merci !

7.

L'accident

Aux premières lueurs de l'aube, Roger fait tourner la moto dans la cour de la ferme. C'est un side-car cabossé qui dormait sous un tas de paille depuis la dernière guerre mais qui semble tout heureux de reprendre la route. Isidore donne un coup de coude à Lucas.

— Regarde Rover, on dirait un crapaud fur une boîte d'allumettes !

Un petit coup de graisse par-ci, un peu d'huile par-là et tout est fin prêt pour le départ. Roger et Lucas embrassent Isidore et Victorine.

— J'sais pas quoi vous dire, madame Victorine...

— Ben dis rien. Allez, sauvez-vous et pas

de blagues, hein ! La PPO ne pourrait plus rien pour vous. Embrassez la petite Annie.

– Envoyez-nous une carte poftale !

– Promis !

Le side-car démarre, laissant derrière lui un petit nuage bleu pétrole et quelques brins de paille.

Le soleil a l'air bien décidé à prendre possession du ciel. Pas un nuage à l'horizon mais des hirondelles virgulant de-ci de-là dans l'air frais. Parfois, en lisière de champ, des lapins les regardent passer, les oreilles dressées, au garde-à-vous. Le moteur de la moto tourne comme une horloge. Roger et Lucas chantent à tue-tête.

– Tu vois, Lucas, c'est dans un coin comme ça que j'aimerais passer mes vieux jours. Quand Annie aura retrouvé ses yeux, c'est ça que je voudrais qu'elle voie en premier. Regarde si c'est beau !

À perte de vue, les collines ondulent, coiffées de sapins bleus entre lesquels serpentent des rivières tranquilles couvertes d'écailles rutilantes. Dans les plaines, les champs cultivés forment des damiers jaune et vert autour des villages disposés comme des jeux de dominos. Lucas a l'impression de voler, toujours plus haut, d'être parti depuis des années, de n'avoir jamais connu d'autre vie, comme si le vent dans sa figure effaçait ses souvenirs à mesure que la moto engloutit les kilomètres.

Les heures passent. Lucas se laisse aller à une douce somnolence, quand soudain, dans un virage, la moto pile net.

– Qu'est-ce qu'il y a ?

Roger tend son gros doigt boudiné en direction d'un platane au pied duquel une voiture de sport s'est transformée en accordéon.

Par la portière ouverte, un bras pend, couvert de sang. Roger gare le side-car et coupe le moteur. Tous deux s'approchent de la voiture accidentée.

– Tu parles d'un gadin !... Ça ne doit pas faire longtemps, le moteur est encore chaud.

– C'est une jeune fille !... Elle a du sang partout !

– Doucement, Lucas !... On va la tirer sur l'herbe.

Avec mille précautions, ils sortent le

corps de la jeune fille du tas de tôle pliée et la déposent sur le talus. Roger pose son oreille sur sa poitrine.

— Elle est vivante.

— Faudrait l'emmener à l'hôpital.

— Faudrait, oui. Seulement là-bas, on va nous demander nos papiers. Ça va être gendarmes et compagnie...

— Mais Roger, on ne peut pas la laisser là !

— Bien sûr que non. Aide-moi à la porter dans le side.

Du mieux qu'ils peuvent, ils installent la blessée, la couvrent d'une couverture, lui calent la tête avec la veste de Roger.

— J'te jure ! Les gens conduisent comme des dingues... On avait bien besoin de ça. Allez, grimpe Lucas, la prochaine grande ville est à une soixante de kilomètres.

Terminée, la promenade touristique. Il s'agit de faire vite. Eux qui jusqu'ici avaient soigneusement évité les grandes agglomérations, les voilà qui s'y précipitent, tête baissée, en plein dans la gueule du loup.

— Tu te rends compte qu'on aurait pu être à Nice ce soir ! C'est pas possible, cette poisse ! Si j'étais gendarme, crois-moi que je les soignerais, les excès de vitesse ! Une gamine comme ça dans un bolide pareil, ça devrait être interdit. Et cette route pourrie qui n'en finit pas de faire des boucles !...

Bref, Roger est d'une humeur massacrante.

Lucas ne quitte pas des yeux le visage blême de la jeune fille. Parfois, lorsqu'ils rebondissent sur un nid de poule, il voit ses traits se crisper et c'est comme si la même douleur le traversait.

— Va doucement, Roger !

— Va doucement ! T'es marrant, faut bien qu'on y arrive à cet hôpital.

Enfin on quitte la petite route pour s'engager sur une nationale bien droite et bien large mais malheureusement de plus en plus encombrée à mesure qu'on approche de la ville. Roger fait de son mieux pour se faufiler entre les voitures mais un bouchon particulièrement compact l'oblige à s'arrêter.

— On peut pas rester là, Roger. Elle a de plus en plus de mal à respirer.

— Qu'est-ce que tu veux que je fasse ? Que je saute par-dessus ? Que je roule sur le bas-côté?

— Oui ! Elle va pas bien, je te dis !

— À tous les coups, on va se faire piquer !

Des jurons plein la bouche, Roger met les gaz et fonce à droite de la file de voitures. Ils n'ont pas fait trois cents mètres qu'une sirène de police rugit à leurs oreilles.

— Qu'est-ce que je t'avais dit !!!

Deux motards arrivent à leur hauteur et leur font signe de stopper.

— Vous ne savez pas que c'est interdit de...

Lucas ne leur laisse pas le temps d'en dire plus. En deux mots, il leur explique la situation. À la vue de la jeune fille ensanglantée, les deux motards lancent leur sirène au maximum et font signe à Roger de les suivre. Aussitôt, le flot des voitures s'ouvre devant eux comme la mer devant Moïse. À tombeau ouvert, ils traversent la ville et arrivent un quart d'heure plus tard devant l'hôpital central. Roger s'éponge le front en murmurant à l'oreille de Lucas :

— Ben mince alors, c'est bien la première fois que je suis content d'être entre deux gendarmes.

Aussitôt, une foule d'infirmiers dévale

les escaliers, emporte la jeune fille sur un brancard. Quelqu'un s'exclame :

– Mais c'est la fille du maire !

Un tourbillon de gendarmes, de blouses blanches et de tout un tas d'autres gens apparus comme par miracle s'agitent autour d'eux. Impossible de s'éclipser discrètement. On les fait descendre de la moto, on les porte presque en triomphe jusque dans l'hôpital.

– Bravo, les gars ! Félicitations !

– M. le maire est prévenu, il va arriver !

– Une photo pour *Sud Éclair !*

Roger et Lucas se regardent bouche bée, les sourcils en accents circonflexes, incapables de prononcer une parole. On leur offre du café, on leur tape amicalement sur l'épaule, les flashes des photographes crépitent au-dessus de leurs têtes. Roger baisse la sienne en grinçant entre ses dents :

– Lucas, faut qu'on s'en aille d'ici !

Lucas lève les bras, se hausse sur la pointe des pieds.

– Merci, merci, messieurs-dames mais faut qu'on parte, on est pressés.

– Vous n'y pensez pas! La jeune fille est

sauvée !... D'ailleurs, voici M. le maire !

Un petit bonhomme aussi rond que rouge fend la foule dans leur direction, les bras grands ouverts, les larmes aux yeux.

— Mes amis ! Mes chers amis ! Dans mes bras ! Demandez-moi ce que vous voulez, c'est accordé d'avance !

— On voudrait partir, monsieur le maire. Toute cette foule...

— Et modestes avec ça ! Je comprends, je comprends, cher monsieur... monsieur ?...

— Euh... La Poigne... Et mon neveu, Lucas.

— Cher monsieur La Poigne, cher Lucas, vous êtes mes invités ! Une chambre est retenue pour vous à l'hôtel *Excelsior*. Après un tel exploit, vous avez droit à un repos bien mérité. Brigadier, accompagnez nos héros. Ce soir il y aura une grande réception en votre honneur.

— C'est gentil de votre part mais...

— Il n'y a pas de mais ! C'est ma fille unique que vous avez sauvée. À tout à l'heure.

Que faire d'autre sinon retraverser la ville escortés comme des chefs d'état jusqu'au grand palace ? Roger et Lucas ont la tête qui tourne, comme pris dans une farandole insensée dont ils ne peuvent se libérer. Tout cela est complètement fou, ils ne savent plus s'ils doivent se réjouir ou s'inquiéter de leur sort. De toute façon, on ne leur en laisse pas le temps. Une cohorte de maîtres d'hôtel en livrée leur ouvrent des portes à deux battants, les guident dans des labyrinthes de galeries, de couloirs, en multipliant les courbettes jusqu'à la suite royale, appartement somptueux, où les attend un buffet débordant de fleurs et de fruits.

— Si ces messieurs ont besoin de quoi que ce soit...

— Merci, on voudrait juste être tranquilles.

— Bien, monsieur.

.8.

En Rolls

Enfin seuls. Roger se laisse tomber de tout son poids sur un canapé Louis XV qui gémit de tous ses ressorts. Lucas ouvre la fenêtre et aspire une grande goulée d'air bleu. Peu à peu, l'espèce de bourdonnement d'abeilles qui vrombissait à leurs oreilles s'estompe et le calme leur revient.

– Tu sais Lucas, j'en ai vu de toutes les couleurs dans ma vie, mais des trucs comme ça !...

– J'comprends plus rien, j'ai l'impression de flotter sur un nuage...

– Faut se reprendre, fiston, on peut pas rester là. Quand ils vont savoir qui on est, on va plus danser sur le même air.

– Et si on leur disait tout ? On est quand

même des héros, non ?

Roger secoue sa grosse tête, l'air désolé.

– Ça, c'est pas possible, petit. Je pourrais tirer le pape de l'Enfer que ça ne changerait rien à mon affaire. Mais toi, tu peux t'arrêter là. Tu m'as suffisamment aidé, autant t'en sortir avec tous les honneurs de la guerre. Tu as une bonne chance, ne la laisse pas filer.

– Pas question ! On va jusqu'au bout ensemble, on y est presque. C'est que j'ai envie de la connaître, la petite Annie !

– Je devrais te ficeler et te renvoyer chez toi par la poste comme un paquet, mais bon, d'accord, on continue !

La grosse patte de La Poigne se resserre comme un gant de boxe sur la menotte de Lucas.

– Seulement, ça ne va pas être facile de sortir d'ici. On ne pourra pas faire un pas dehors sans qu'une nuée de larbins nous tombe sur le dos. Y en a partout, derrière chaque porte.

– Eh ben justement, on n'a qu'à se déguiser, toi en valet de chambre et moi en groom !

— Pas bête... Mais tu crois qu'ils vont nous les donner comme ça, leurs uniformes ?

— Si on demande poliment !

À vrai dire, ce n'est pas vraiment la politesse qui a décidé les deux employés à abandonner leurs uniformes mais plutôt l'impressionnante musculature de Roger. Oh, il n'a pas eu besoin de se servir de ses poings, leur seule vue a suffi pour qu'ils se retrouvent en caleçon en deux temps, trois mouvements. Lucas a eu beau leur répéter qu'il s'agissait d'une blague en les ligotant l'un à l'autre avec les cordons des rideaux, pas un instant, ils n'ont quitté des yeux la silhouette massive de Roger penchée au-dessus d'eux comme une menace d'orage.

Le costume de groom va parfaitement à Lucas, quant à celui de maître d'hôtel, il donne à Roger une solennité très inattendue.

— Dis donc, t'es d'un chic là-dedans ! On dirait le président de la République !

— Tu trouves ?... Je vais prendre un plateau de petits fours, ça fera plus vrai et puis on aura peut-être besoin d'un petit en-cas pour la route.

Le groom et le maître d'hôtel enfermés dans un placard mais dotés chacun d'un honnête pourboire en dédommagement, Roger et Lucas quittent la chambre et s'élancent dignement dans les couloirs lambrissés et les escaliers de marbre de l'*Excelsior*. En arrivant devant la porte à tambour de l'entrée principale, il ne reste plus un seul petit four sur le plateau de Roger. Ils viennent de descendre les marches du perron quand une splendide Rolls Royce vient se garer devant eux dans un crissement de graviers. Une sorte de cowboy de fête foraine, aussi rutilant que son automobile, en sort, cigare aux lèvres, et tend ses clés à Roger en prononçant avec un fort accent chewing-gum :

— Garer mon voiture, please.

— Mais... certainement Monsieur !

Roger lance un clin d'œil à Lucas qui fait aussitôt le tour de la voiture et grimpe sur le siège. Roger démarre, s'engage dans l'allée centrale et passe le plus naturellement du monde les grilles du palace. La ville s'ouvre devant eux, scintillante de mille feux dans le soir tombant.

— Pince-moi, je rêve !... Et dans une Rolls ! Tu parles d'une veine ! Dis donc, tu crois pas que c'est encore un coup de ta Pas de Panique Machin-Chose ?

— Ça m'étonnerait. C'est pas le genre à voler une Rolls et à saucissonner le personnel de l'hôtel. Je me demande d'ailleurs comment ils vont prendre ça ?

— Ben oui, je sais bien, ça fait un peu désordre. Mais qu'est-ce qu'on pouvait faire d'autre?

— Quand même, avec le groom et le maître d'hôtel, tu y as été un peu fort.

— J'y peux rien. Avec la tête que j'ai, quand je demande l'heure à quelqu'un dans la rue, il me donne sa montre.

La voiture ne fait pas plus de bruit qu'un chat sur une moquette. Pas un cahot, on se croirait dans un fauteuil de cinéma avec sur écran panoramique, le plus beau coucher de soleil du monde, du rouge, du violet, du vert, tartiné à grands coups de pinceau sur fond de nuit étoilée. Les rochers de la corniche rougissent comme de la braise et derrière eux, la Méditerranée, immense, parsemée de copeaux de cuivre étincelants.

C'est beau à vous en couper le souffle. Le silence résonne comme de l'orgue dans une église.

– La grande bleue, fiston ! On est bientôt arrivés. Dire qu'Annie vit ici depuis des années et qu'elle n'a jamais vu ça !..

Il fait complètement nuit lorsque la Rolls s'arrête sans un bruit devant la pension d'Annie. Roger ne dit rien mais Lucas le sent nerveux, mal à l'aise.

– Ça va pas, Roger ?

– Si, si !... C'est que je ne l'ai pas vue depuis des années, je suis un peu ému quoi... Et puis dans mes lettres, je lui ai raconté tellement de mensonges, les puits de pétrole, la vie d'homme d'affaires, tout le tralala... J'ai un peu honte, quoi.

– Je vois. Eh bien, continuons, avec ton costume et la voiture, personne n'y trouvera à redire. Tu auras tout le temps de lui dire la vérité plus tard. Pour l'instant, il faut la faire sortir d'ici. Laisse-moi faire, reste dans la voiture et allume un cigare. Il y en a plein la boîte à gants.

Lucas se présente à la porte de la pension et sonne avec insistance. Une femme sans âge au visage de serpillière essorée entrebâille le lourd panneau de chêne.

— Qu'est-ce que c'est ?

— Le président La Poigne vient chercher sa fille, la petite Annie.

— Le président ?

La femme penche la tête dans la direction que lui indique Lucas. Confortablement installé dans la luxueuse voiture, Roger, un cigare planté entre les dents, lui fait un vague signe de la main.

— Dépêchez-vous, s'il vous plaît, le président n'aime pas attendre.

— Certainement, certainement ! Je vais la chercher immédiatement !

Quelques minutes plus tard, elle réapparaît accompagnée d'une très jolie petite fille brune aux magnifiques yeux verts étrangement fixes.

—Voilà la petite, mais il y a des papiers à signer et...

— Plus tard, plus tard, nous sommes très pressés. Le président vous contactera. Merci.

— Mais... Bien, bien. Mes respects à monsieur le président !

Lucas entraîne la petite fille tout ensommeillée vers la voiture et la fait monter entre son père et lui.

— Papa ! C'est toi, papa !

— Annie, ma petite chérie !

Les mains de la petite fille courent sur le visage de son père inondé de larmes.

— Ne pleure pas, papa, je suis si contente que tu sois venu me chercher. On ne se quittera plus, hein, papa ? Plus jamais !

Lucas est obligé de détourner les yeux. Une grosse boule fait le yoyo dans sa gorge.

9.

La fin du voyage

— Mais vous êtes complètement fous de réveiller les gens en pleine nuit !

Les cheveux ébouriffés, entortillé dans sa robe de chambre, le célèbre professeur dévisage abasourdi le pittoresque trio qui occupe son salon.

— J'vous dis qu'on peut pas attendre, docteur ! Tenez, voilà l'argent, tout ce que je possède, en liquide !

— Mais c'est absurde ! On n'opère pas comme ça en pleine nuit ! Revenez demain.

Roger baisse la tête, souffle par les narines comme un taureau prêt à charger et grince entre ses dents :

— Vous avez pas l'air de comprendre, toubib. Pour moi, y a pas de demain et pour vous non plus si vous continuez à faire des chichis. Vous vous occupez de ma fille MAINTENANT ou je transforme votre boutique en marché aux puces.

Coincé derrière son bureau, le professeur devient tout pâle. Il toussote dans son poing et s'approche d'Annie en prenant soin de laisser une distance respectable entre lui et Roger.

— Inutile de s'énerver... Euh... Lève la tête, mon enfant... Hum... Hum... Bien, laissez-moi quelques minutes pour me préparer.

— Eh ben, voilà ! Merci, docteur.

Roger et sa fille ont l'air soudés l'un à l'autre. Depuis qu'ils se sont retrouvés, ils ne se sont pas lâché la main. Annie ne semble pas avoir peur. On dirait qu'elle traverse tout ça comme un rêve et que rien ne pourrait la réveiller. Lucas la trouve très jolie, fragile comme un coquelicot. Elle est tellement différente de son père et pourtant, ils ont quand même l'un et l'autre un air de famille, celui des gens qui s'aiment.

Le professeur réapparaît, vêtu d'une blouse blanche et l'air un peu plus réveillé.

Roger et Annie se lèvent, toujours unis par la même paire de menottes invisible.

— Je peux venir, docteur ?

— Non, il vaut mieux attendre ici. Ne vous inquiétez pas, tout va très bien se passer.

Annie dégage sa main de celle de son père et lui caresse la joue.

— Ça va aller, papa, ça va aller.

Planté comme un baobab au milieu du salon, Roger regarde sa fille s'éloigner, les bras ballants.

— Allez, viens t'asseoir, Roger. Ça sert à rien de rester debout.

— Hein ?... Quoi ?... Oui, bien sûr...

Comme un somnambule, il va se poser du bout des fesses sur le bord d'un fauteuil et fixe le mur blanc droit devant lui. Lucas fait des efforts pour garder les yeux ouverts mais le tic-tac de la pendule le plonge bientôt dans un profond sommeil.

Lorsqu'il se réveille au petit jour, il retrouve Roger dans la même position, le regard perdu dans l'immensité polaire du mur qui lui fait face.

— Ça va, Roger ?

Roger tente vainement un sourire qui se

transforme en une grimace acide. Mais à ce moment, l'arrivée du professeur le fait bondir de son fauteuil.

— Alors ???

— Tout va bien, elle dort. Il n'y a eu aucun problème. Elle va devoir rester quelques jours à la clinique dans le noir complet puis, progressivement nous l'amènerons à la lumière. Dans un mois, elle verra aussi bien que vous et moi, je vous le garantis.

— Je... Je peux la voir?

— Certainement, suivez-moi.

Sans bruit, le professeur accompagné de Roger et de Lucas parcourt les couloirs inondés de néon de la clinique jusqu'à la chambre où Annie repose, un bandeau sur les yeux. Tout doucement, Roger se penche sur elle et dépose un baiser sur son front.

— À bientôt, ma petite fille, à très bientôt.

On dirait que l'air palpite de battements d'ailes. Bien que profondément endormie, l'enfant murmure :

— À tout de suite, papa.

Lucas se demande si Roger va s'effondrer tout d'un bloc, mais celui-ci, au prix d'un terrible effort, parvient à se redresser et à sortir de la chambre comme un automate.

Après avoir réglé par téléphone tous les détails concernant la convalescence d'Annie avec la directrice de la pension, Roger et Lucas prennent congé du professeur et se retrouvent sur le trottoir qu'un camion de la voirie est en train d'arroser. Ils ne s'en aperçoivent même pas et se laissent asperger en se serrant la main.

— Ben voilà, fiston, c'est là que nos chemins se séparent.

— Qu'est-ce que tu vas faire ?

— Aller dans le premier commissariat venu et me constituer prisonnier. Maintenant que j'ai fait ce que j'avais à faire, la prison, je m'en fiche. Et toi ?

— Je vais téléphoner à mes parents. Jamais ils ne me croiront.

— C'est vrai que moi-même, j'ai du mal à y croire. Je m'en souviendrai de la chambre « 9 » !

— La chambre « 6 » !

— Non ! La « 9 », j'y ai vécu un an et puis il y avait le chiffre dessus.

— Non ! C'est un clou qui manquait en haut du « 6 » qui l'a transformé en « 9 ».

– Mais ... Mais alors mon magot est toujours dans l'autre chambre !

– Ça, j'y avais pas pensé...

– Eh bien, prends-le et donne-le à tes parents, ça sera toujours ça de moins à te faire pardonner. Allez Lucas, salut, je suis très fier d'être ton copain.

– On se reverra, Roger ?

– Va savoir, petit ?... Tu remercieras tes copains de la PPO ! Bonne chance, Lucas, prends soin de toi !

Le cœur gros, Lucas regarde Roger la Poigne s'éloigner en roulant des épaules, les mains dans les poches, pareil à une statue mobile. Avant de tourner le coin de la rue, une fourgonnette de police passe à sa hauteur. D'un geste désinvolte, il la hèle comme un taxi. Deux gardiens de la paix en descendent, la main au képi. Roger leur dit quelques mots qui suffisent à leur faire faire un bond en arrière, l'arme au poing. Avant de monter dans la fourgonnette, Roger agite la main en direction de Lucas. Une brume de chaleur monte des trottoirs fraîchement arrosés. Il va faire beau, c'est le premier jour du printemps.

Épilogue

Sous la verrière chauffée à blanc de la gare de Lyon, des hordes de vacanciers, ruisselants de sueur, hérissés de cannes à pêche, de filets à crevettes, se pressent, hagards, le long des quais. Parmi eux, les parents de Lucas, immobiles, le mouchoir à la main...

– Tu nous appelles dès que tu arrives !

– Ça fait dix fois que tu me le répètes, maman. C'est promis.

– Tu as bien les cadeaux pour Mme Victorine et Isidore et...

– Et pour Roger et pour Annie. Oui, j'ai bien tout, ne t'en fais pas... Ah !... Le train démarre... Au revoir, maman, au revoir, papa !...

Par la fenêtre du train qui l'emporte à Laignes, Lucas regarde ses parents rapetisser en agitant leur mouchoir jusqu'à ce qu'ils disparaissent au bout d'une longue courbe.

Quelques mois ont passé. On est en août, il fait une chaleur de four. L'air qui passe par la vitre ouverte lui donne l'impression d'être sous le souffle d'un sèche-cheveux. Il fera certainement meilleur dans la montagne chez Victorine. Quel bonheur de les revoir tous et de passer avec eux quinze jours de vacances ! Lucas tire de sa poche une lettre toute froissée. Elle est de Roger, il l'a reçue il y a un mois. Pour la dixième fois, il la relit.

« Salut, fiston !

C'est un homme libre qui t'écrit. Ça t'épate, hein ? Écoute un peu. D'abord, j'ai reçu ta lettre dans laquelle tu me disais comment s'était passé ton retour. Je suis très content que tu aies pu récupérer mon magot sous le plancher de la chambre « 9 » et que tu l'aies donné à tes parents. Tu te rends compte que sans cette histoire de chiffre, rien ne se serait passé ! Ça restera un secret entre toi et moi. Mais à part ce détail, tu as eu raison de leur dire la vérité même si d'après ce que tu me dis, la PPO les tenait régulièrement au courant de nos aventures. Ces gens-là, mon vieux, c'est quelqu'un ! La vérité, toute la vérité, rien que la vérité, il n' y a que ça de vrai, mon gars et je suis le premier à en avoir tiré la leçon. C'est d'ailleurs ce qui m'a valu une remise de peine. J'ai tout raconté à la police, de A à Z. T'aurais vu ça, même le commissaire y a été de sa petite larme. Là-dessus, M. le maire a retrouvé ma trace et son témoignage sur la façon dont nous avons sauvé sa fille a joué sérieusement en ma faveur.

Tant que j'y étais de mes confidences, j'ai tout dit aussi à Annie, qu'il n'y avait pas de puits de pétrole, pas d'Amérique du Sud mais un pauvre bougre derrière les barreaux. Crois-moi que j'ai eu du mal à cracher le morceau, mais après, quel soulagement, je me sentais léger comme une plume. Quelques jours après, j'étais libéré et tu sais qui m'attendait dehors ?... Le pépère qui nous avait pris en stop dans sa guimbarde pleine de poulets. Et qui c'est qui était avec lui ?... Annie, avec ses yeux tout neufs ! J'ai failli me cacher pour pas qu'elle voie ma sale tête mais c'était trop tard et elle m'a sauté au cou comme si j'étais Alain Delon. Mon vieux, j'en ai encore la chair de poule rien que de t'en parler. Je croyais pas qu'on pouvait être heureux comme ça. Et ça dure !

Maintenant, on habite tous les deux chez la mère Victorine (tu sais que c'est quelqu'un de très important à la PPO) avec le petit Isidore, c'est un peu le Paradis, en mieux même puisque c'est maintenant. Alors tu vois, ce qui serait vraiment chouette, c'est que tu viennes passer des vacances ici, avec nous. Annie a très envie de te connaître mieux, je lui parle très souvent de toi.

Roger la Poigne »

Lucas replie la lettre et la replace dans sa poche. Son reflet dans la vitre lui renvoie poliment son sourire. Et dire que pour le bulletin, ça n'avait servi à rien. À la même période, une grève des postes avait bloqué le courrier pendant plus d'un mois !

Table des matières

Imprimé à Barcelone par:
BLACK PRINT
en août 2020